Julius von Hann

Die Wärmeabnahme mit der Höhe an der Erdoberfläche und ihre jährliche Periode

Antigonos

Julius von Hann

Die Wärmeabnahme mit der Höhe an der Erdoberfläche und ihre jährliche Periode

Unveränderter Nachdruck der Originalausgabe von 1870.

1. Auflage 2024 | ISBN: 978-3-38636-799-8

Antigonos Verlag ist ein Imprint der Outlook Verlagsgesellschaft mbH.

Verlag: Outlook Verlag GmbH, Zeilweg 44, 60439 Frankfurt, Deutschland, info@outlook-verlag.de
Vertretungsberechtigt: E. Roepke, Zeilweg 44, 60439 Frankfurt, Deutschland
Druck: Libri Plureos GmbH, Friedensallee 273, 22763 Hamburg, Deutschland

Die Wärmeabnahme mit der Höhe an der Erdoberfläche und ihre jährliche Periode.

Von Dr. **J. Hann.**

Die Publication der Resultate einer Reihe meteorologischer Beobachtungen am Col du Saint Théodule in 3333 Meter oder 10280 P. F. Seehöhe durch **D o l l f u ß - A u s s e t** [1]) hat mir Veranlassung gegeben, die Temperaturabnahme mit der Höhe besonders in Rücksicht auf die periodischen Änderungen derselben im Jahreslaufe neuerdings zu untersuchen. Das dichte Beobachtungsnetz, welches gegenwärtig die Schweiz bedeckt, und die Liberalität und Präcision, mit welcher die Ergebnisse publicirt werden, liefert ein so reichliches Materiale zu derartigen Untersuchungen, wie es nie zuvor geboten worden ist. Einen imposanten Abschluß nach oben erhielten diese Beobachtungen durch die dreizehn Monate hindurch mit großer Sorgfalt angestellten meteorologischen Aufzeichnungen am Theodul-Paß, der höchsten Beobachtungsstation unseres Erdtheils, welche zugleich den unvergleichlichen Vortheil hatte, mitten inne zu liegen zwischen zwei benachbarten Höhenstationen, von denen die eine am St. Bernhard (7626 P. F.) auf vieljährigen Beobachtungen beruhende Normalwerthe der Temperatur darbot, um die einjährige Reihe auf Normalwerthe zu reduciren. Die fünfjährigen Mittel der zweiten Nachbarstation am Simplon (6180′) gestatteten eine Art Controle der auf diesem Wege erhaltenen Resultate, welche, wie sich später zeigen wird, einen vollkommen befriedigenden Grad der Genauigkeit beanspruchen dürfen.

Um die jährlichen Änderungen der Wärmeabnahme mit der Höhe darzustellen, hat man bisher zumeist nur je zwei Stationen mit einander verglichen, wie dies P l a n t a m o u r für Genf und den St. Bernhard, H i r s c h für Neuchatel und Chaumont, D o v e für Wernigerode und den Brocken gethan hat. Wenn man aber nur je zwei Stationen

---

[1]) Matériaux pour l'étude des glaciers. Tome huitième. Paris 1869.

von ungleicher Höhenlage rücksichtlich ihrer Temperaturen vergleicht, so sprechen sich in den erhaltenen Differenzen nicht allein der Einfluß der ungleichen Seehöhe, sondern auch locale Eigenthümlichkeiten aus, welche kaum gestatten, aus den ersteren sichere Schlüsse zu ziehen über den gesetzmäßigen Verlauf der aus der ersteren Ursache, der Seehöhe allein, sich ergebenden Wärmeunterschiede. Da wir nun gegenwärtig ein zureichendes Beobachtungsmateriale besitzen, um jene localen Eigenthümlichkeiten durch Vereinigung der Resultate von Beobachtungspunkten gleicher oder nahe gleicher Seehöhe in ein Mittel möglichst zu eliminiren, so schien es mir nicht uninteressant und unwichtig, auf einer solchen erweiterten und gesicherten Basis eine neuerliche Untersuchung durchzuführen. Es wurden für dieselbe geographische Position mehrere solcher Gruppen aus Stationen von nahe übereinstimmender Seehöhe gebildet und die für dieselben sich ergebenden Monatmittel der Temperatur unter der Annahme einer mit der Höhe gleichförmigen Wärmeabnahme nach der Methode der kleinsten Quadrate combinirt. So darf man wohl Resultate erwarten, welche mit Rücksicht auf das zu Gebote stehende Materiale den größtmöglichen Grad der Verläßlichkeit beanspruchen können.

Theoretische Speculationen, so wie ein Versuch, ein neues Gesetz der Temperaturabnahme mit der Höhe aufstellen oder begründen zu wollen, liegen dieser Arbeit ferne, so wie sie auch von vorne herein die Prätension von sich abwehrt, den erhaltenen Resultaten eine Anwendung auf die Wärmeverhältnisse der freien Atmosphäre, entrückt den unmittelbaren Einflüssen des durch Strahlung erkalteten oder durch Insolation erwärmten Erdbodens zu gestatten. Ich habe es aber passend gefunden, Vergleiche mit den Ergebnissen der englischen Luftschifffahrten anzustellen. Der nächste Zweck, den ich verfolgte, war, eine Grundlage zu liefern für die Reduction unserer mitteleuropäischen Temperaturmittel auf das Meeresniveau.

Die Quellen, aus welchen die nachfolgenden Wärmemittel der Höhengruppen für die Schweiz, Südwest- und Norddeutschland geschöpft wurden, sind: 1. Die im letzten Bande (V.) der schweizerischen meteorologischen Beobachtungen gegebenen fünfjährigen (1864 bis 1868) Temperaturmittel, welche theils (für Tabelle I) mit Hilfe der langjährigen Mittel von Genf und dem St. Bernhard auf Normalmittel reducirt worden sind, theils (für Tabelle II) als derselben fünfjährigen Periode angehörend keine Reduction erfuhren. Die Stationen am Südfuße der Alpen sind auf Mailand reducirt worden. Die Temperaturdifferenzen sind nach den Daten in der Meteorologia Italiana gebildet. 2. Die Klimatologie von Norddeutschland 1. Abtheilung: Luftwärme von H. W. Dove. Alle Monatmittel reducirt auf die 20jährige Periode 1848—1867. 3. Die Temperaturmittel für NW. Böhmen auf dieselbe Periode reducirt, gegenwärtig noch nicht publicirt, verdanke ich der Güte des Herrn Dir. Dr. Karl Jelinek. Die Wärmemittel, die ich selbst zur Ergänzung von Lücken abgeleitet habe, gebe ich am Schlusse mit dem Nachweise ihrer Herleitung.

So reichhaltig das vorhandene Materiale war, blieb es doch unerreichbar, für die zusammengehörigen Höhengruppen stets die vollständige Übereinstimmung der geographischen Coordinaten zu erzielen, doch dürften die Abweichungen zu geringfügig befunden werden, um eine Störung durch Breiten- und Längendifferenzen besorgen zu müssen. Bei Gruppirung der Stationen um den Theodul und St. Bernhard habe ich mir erlaubt, die Breitedifferenzen durch Correction auf dieselbe Normalbreite zu elimiren, unter der Annahme einer Wärmeabnahme von $0°63$ C. für den Zuwachs eines Breitegrades. Da aber die Annahme einer der jährlichen Periode nicht unterliegenden gleichförmigen Temperaturdifferenz zweier benachbarter Parallele strenge genommen unstatthaft ist, habe ich später lieber die Anzahl der Gruppen vermindert, als zu diesem Auskunftsmittel meine Zuflucht zu nehmen. Bei den Westalpen, wo ich es angewendet, wird aber diese Correction auch die Resultate nicht getrübt haben, da es sich mit Ausnahme einer einzigen Gruppe um Breitedifferenzen von weniger als $1/2$ Grad handelte und der Einfluß der Jahreszeit auf diese kleinen Correctionen unter die Grenze anderer Fehlerquellen herabsinkt.

Die Temperaturen sind durchgehends auf die hunderttheilige Scale reducirt worden. Bei der Berechnung wurde die Hypothese einer mit der Höhe direct proportionalen Wärmeabnahme zu Grunde gelegt. Daß die Annahme einer arithmetischen Progression für die Temperaturabnahme mit der Höhe an der Erdoberfläche den Beobachtungen ganz gut entspricht, zeigen folgende Differenzen zwischen den berechneten und beobachteten Werthen:

Westalpen.

Rechnung — Beobachtung

Höhe in 100 M.	Dec.	Jänn.	Febr.		Juni	Juli	August
33·3	—0°1	0·0	—0·1		—0·2	—0·2	—0·1
24·0	+0·2	—0·1	0·0		+0·3	+0·3	0·0
20·1	—0·1	0·0	+0·1		+0·4	+0·6	+0·2
15·3	0·0	+0·3	+0·4		—0·7	—0·5	—0·2
6·1	+0·2	0·0	—0·5		—0·4	—0·3	—0·1
4·2	+0·1	0·0	+0·3		+0·7	+0·7	+0·7
2·3	—0·3	—0·1	0·0		—0·1	—0·5	—0·6.

Da die positiven und negativen Abweichungen gleichmäßig über die höheren und tieferen Lagen vertheilt sind, so liegen die Differenzen zwischen Rechnung und Beobachtung nicht in der Mangelhaftigkeit der Hypothese einer arithmetischen Progression, sondern in localen Eigenthümlichkeiten mancher Stationen und ganzer Gruppen, wie dies auffallend bei der Betrachtung der beobachteten Werthe auf Tabelle I. (Gruppe 5) hervortritt.

Bei den anderen Localitäten in der Nordschweiz und in Deutschland ist die Übereinstimmung zwischen Beobachtung und Rechnung größer; freilich sind weniger Gruppen, aber diese auch natürlicher gebildet. So sind z. B. die Abweichungen der berechneten und beobachteten Werthe im Harz folgende:

Summe der Fehlerquadrate:

Dec.	Jän.	Febr.	März	Apr.	Mai	Juni	Juli	Aug.	Sept.	Oct.	Nov.
0·06	0·17	0·18	0·03	0·01	0·24	0·24	0·01	0·09	0·17	0·34	0·02.

Mittlerer Fehler

0°2	0°3	0°3	0°1	0°0	0°3	0°3	0°0	0°2	0°3	0°4	0°1

Ich lasse nun die Rechnungsresultate in Form von Tabellen folgen, welche auch die mehr oder minder günstige Vertheilung der Stationen zu Gruppen beurtheilen lassen. Es liegt in der Natur der Sache, daß die oberste Zone selten durch Stationsgruppen, sondern fast nur durch einzelne Stationen dargestellt wird, ein Übelstand, der dadurch weniger einflußreich wird, daß gerade in den unteren und Mittellagen die Temperaturverschiedenheiten bei gleicher Höhe am größten sind. Auf Plateaubildungen, wie in der rauhen Alp und im sächsisch-böhmischen Erzgebirge erscheint der Temperatur deprimirende Einfluß der Erhebung oft nahezu unterdrückt.

Tabelle I.
Westalpen 46° NBr.

Gruppe	Höhe Meter	Dec.	Jän.	Febr.	März	Apr.	Mai	Juni	Juli	Aug.	Sept.	Oct.	Nov.
					Beobachtete Temperaturen Cels.								
1	3330	—11°5	—13°4	—13°3	—11°9	— 8°4	— 4°6	— 1°0	+ 1°0	+ 0°6	— 1°9	— 5°0	— 9°5
2	2400	— 7·8	— 9·1	— 8·5	— 6·9	— 2·6	1·1	4·8	6·7	6·5	3·7	0·0	— 5·2
3	2010	— 5·7	7·5	— 6·6	— 4·7	— 0·4	2·9	7·3	9·0	8·8	5·9	2·0	— 3·8
4	1530	— 3·8	— 5·6	— 4·4	— 1·3	2·7	7·9	11·6	13·3	12 3	9·1	5·0	— 0·8
5	610	0·2	— 1·2	1·4	5·2	10·0	14·0	17·6	19·2	18·1	14·6	10·1	3·8
6	420	1·1	— 0·3	1·6	5·3	9·6	14·0	17·8	19·5	18·5	15·0	10·6	5·0
7	230	2·3	0·6	2·9	7·1	11·3	15·4	19·8	21·9	21·0	17·1	12·6	6·2
					Berechnete Temperatur an der Meeresfläche.								
—	0	3°03	1°54	4°09	8°36	12°83	17°19	21°24	22°99	21°92	18°08	13°48	7°03
					Wärmeabnahme für 100 Meter.								
		0·441	0·449	0·526	0·624	0·643	0·662	0·673	0·668	0·643	0·600	0·560	0·508

$$\Delta = 0{\cdot}5832 + 0{\cdot}1119 \sin(294°45' + 30°\,x) + 0{\cdot}0291 \sin(298°4' + 60°\,x)$$

		0·447	0·456	0·517	0·597	0·655	0·675	0·669	0·659	0·646	0·618	0·562	0·492

1. Theodul 3333 M. 45°56' NBr. 5°4 ÖL.　　3. ⎰Gotthard 2093 M. 46°33' NBr. 6°3 ÖL.　　4. ⎰Grächen 1632M. 46°12' NBr. 5°5ÖL.
2. Bernhard 2478 „ 45 52 4·8 „　　　　　　　⎪Bernhardin 2070 „ 46 30 6·8 „　　　　　　⎪Zermatt 1613 „ 46 8 5·5 „
½ Julier 2244 „ 46 28 7·5 „　　　　　　　　⎨Simplon 2008 „ 46 15 5·8 „　　　　　　　⎨Reckingen 1339 „ 46 28 6·0 „
　Mittel [1]) 2400 „ 46 4 5·7　　　　　　　⎩Grimsel 1874 „ 46 34 6·0 „　　　　　　　⎩Mittel 1528 „ 46 16 5·7
　　　　　　　　　　　　　　　　　　　　　　Mittel 2011 „ 46 28 6·2 „

5. ⎰Gliss 688 „ 46 17 5·5 „　　6. ⎰Martigny 498 „ 46 6 4·8 „　　7. ⎰Turin 276 „ 45 4 5·4 „
　⎪Aosta 600 „ 45 44 5·0　　　　⎪Genf 408 „ 46 12 3·8　　　　　⎪Lugano 275 „ 46 0 6·8 „
　⎨Sion 544 „ 46 14 5·0 „　　　⎨Montreux 385 „ 46 26 4·5　　　⎨Bellinzona 229 „ 46 12 6·8 „
　⎩Mittel 611 „ 46 5 5·2 „　　　⎩Biella 388 „ 45 30 5·7　　　　⎩Mailand 147 „ 45 28 6·9 „
　　　　　　　　　　　　　　　　　Mittel 420 „ 46 4 4·7 „　　　　　Mittel 232 „ 45 41 6·5

[1]) Die mittlere Temperatur jeder Gruppe ist auf 46° NBr reducirt worden.

Tabelle II.
Nordschweiz 47° NBr.

Gruppe	Höhe Meter	Dec. [1]	Jän.	Febr.	März	Apr.	Mai	Juni	Juli	Aug.	Sept.	Oct.	Nov.
						Temperatur Cels.							
1	1780	$-3°8$[1]	$-4°4$	$-4°0$	$-4°2$	$1°3$	$5°9$	$8°4$	$10°0$	$9°5$	$8°7$	$3°1$	$-1°6$
2	1080	$-2·0$	$-2·9$	$-0·8$	$0·0$	$6·0$	$11·0$	$13·3$	$14·7$	$13·6$	$12·3$	$6·1$	$0·8$
3	830	$-1·4$	$-1·5$	$0·8$	$1·4$	$7·8$	$12·9$	$14·9$	$16·2$	$15·0$	$14·0$	$7·6$	$1·9$
4	500	$-0·5$	$-1·0$	$2·1$	$3·6$	$9·7$	$14·3$	$16·7$	$18·1$	$16·8$	$15·4$	$9·0$	$3·6$
					Berechnete Temperatur an der Meeresfläche.								
—		0	$+0·78$	$+0·44$	$+4·59$	$+6·54$	$13·14$	$18·08$	$19·75$	$21·42$	$19·72$	$18·17$	$11·32$	$5·35$
					Wärmeabnahme für 100 Meter.								
		$0·259$	$0·276$	$0·484$	$0·605$	$0·663$	$0·673$	$0·613$	$0·637$	$0·572$	$0·532$	$0·465$	$0·399$

$$\Delta = 0·51483 + 0·1758 \sin(306°46' + 30° x) + 0·0693 \sin(301°14' + 60° x)$$

	$0·279$	$0·315$	$0·447$	$0·596$	$0·679$	$0·675$	$0·629$	$0·596$	$0·586$	$0·555$	$0·469$	$0·352$

1. Rigi	1784 M.	47° 3′ NBr.	6° 5′ ÖL.		4.	Bern	574 M.	46°47′ NBr	5°15′ ÖL.
2. Churwalden	1213 „	46 47	7 15			Schwyz	547 „	47 1	6 15
Chaumont	1152 „	47 1	4 30			Sargans	501 „	47 3	7 15
Einsiedeln	910 „	47 8	6 30			Glarus	473 „	47 18	6 45
Engelberg	1024 „	46 49	6 0			Altdorf	454 „	46 53	6 15
Mittel	1075 „	46 56	6 3			Muri	483 „	47 16	6 0
						Neuenburg	488 „	47 0	4 30
3. Ütliberg	874 „	47 21	6 15			Mittel	503 „	47 4	6 1
Auen	821 „	46 54	6 45						
Affoltern	795 „	47 6	5 15						
Mittel	830 „	47 7	6 5						

[1] Das Decembermittel für den Rigi ist berechnet nach den drei tieferen Gruppen, das beobachtete Mittel $-2°8$ liefert einen zu unwahrscheinlichen Werth für die Wärmeabnahme, es ist zu hoch.

Tabelle III.

Rauhe Alp 48°4 NBr.

Gruppe	Höhe Meter	Dec.	Jän.	Febr.	März	Apr.	Mai	Juni	Juli	Aug.	Sept.	Oct.	Nov.
						Temperatur Cels.							
1	810	—1°1	—2°1	—0°8	1°2	6°2	10°7	14°4	15°7	15°6	12°3	8°1	1°2
2	470	—1·1	—1·9	0·4	2·9	7·9	12·4	16·5	17·5	16·9	13·2	8·7	2·5
3	310	—0·2	—0·9	1·3	3·8	8·9	13·4	17·3	18·6	18·1	14·6	10·1	3·6
					Berechnete Temperatur an der Meeresfläche.								
—	0	0·00	—0·51	2·47	5·37	10·50	15·00	19·17	20·30	19·42	15·65	10·90	4·90
					Wärmeabnahme für 100 Meter.								
		0·152	0·212	0·409	0·517	0·534	0·535	0·586	0·572	0·481	0·430	0·365	0·465

$$\Delta = 0\cdot43817 + 0\cdot1552 \sin (301°27' + 30°\ x) + 0\cdot0479 \sin (287°20' + 60°\ x)$$

		Dec.	Jän.	Febr.	März	Apr.	Mai	Juni	Juli	Aug.	Sept.	Oct.	Nov.
		0·248	0·260	0·353	0·477	0·565	0·586	0·558	0·525	0·502	0·469	0·403	0·311

1. ⎰Hohenzollern 2628 P.F. 48°19' NBr. 6°6' ÖL.
   ⎱Schopfloch 2370   48 32   7·2
     Mittel 2499 „   48 26   6·9

2. ⎰Hechingen 1527 P.F. 48°22' NBr. 6°6' ÖL.
   ⎱Ulm 1470   48 24   7·6
    Sulz 1350 „   48 22   6·3
     Mittel 1449 „   48 23   6·8

3. ⎰Tübingen 1000 P.F. 48°31' NRr. 6°6 ÖL.
   ⎱Mittelstadt 920   48 34   6 9
     Mittel 960   48 32   6 8

Tabelle IV.

Erzgebirge 50°6 NBr.

Gruppe	Höhe Meter	Dec.	Jän.	Febr.	März	Apr.	Mai	Juni	Juli	Aug.	Sept.	Oct.	Nov.
					Beobachtete Temperaturen Cels.								
1	850	−3°8	−4°3	−2°9	−0°9	3°8	8°8	12°8	13°8	13°5	10°2	6°1	−0°6
2	670	−3·3	−3·0	−2·0	0·1	4·8	9·8	13·9	15·3	14·5	11·2	7·3	0·5
3	410	−1·5	−2·6	−0·9	1·7	6·9	11·9	15·4	16·7	16·4	12·7	8·3	1·6
4	180	−0·2	−1·6	0·3	3·3	8·3	13·3	17·2	18·5	18·0	14·3	9·7	3·2
					Berechnete Temperaturen an der Meeresfläche.								
—	0	0°75	−0°93	1°11	4°36	9°59	14°62	18°32	19°66	19°19	15°31	10°53	4°07
					Wärmeabnahme für 100 Meter.								
		0·560	0·368	0·471	0·627	0·690	0·696	0·663	0·680	0·681	0·608	0·507	0·549
		0·469	0·450	0·494	0·584	0·671	0·712	0·701	0·666	0·635	0·613	0·580	0·525

$$\Delta = 0{\cdot}59167 + 0{\cdot}1171 \sin (292°53' + 30° \ x) + 0{\cdot}0355 \sin (250°47' + 60° x)$$

1.	Oberwiesenthal	2824P.F.	50°4 NBr.	10°6 ÖL.	3.	Elster	1478P.F.	50°3 NBr.	9°9 ÖL.
	Reitzenhain	2390	50·6	10·9		Freiberg	1254	50·9	11·0
	Mittel	2607	50·5	10·7		Plauen	1150	50·5	9·8 „
						Königstein	1106	50·9	11·7
2.	Georgengrün	2211	50·3	10·1		Eger	1400 „	50·1	10·0 „
	Rehefeld	2115	50·8	11·4		Rotenhaus	1248	50·5	11·1
	Annaberg	1909	50·6	10·7		Ellbogen	1243	50·2	10·4 „
	Mittel	2078	50·6	10·7		Mittel	1268 „	50·5	10·6 „

4.	Zwickau	840P.F.	50°7 NBr.	10°1 ÖL.
	Dresden	390	51·0	11·4 „
	Leipzig	362	51·3	10·0 „
	Saaz	858	50·3	11·2 „
	Bodenbach	438	50·8	11·9
	Leitmeritz	426	50·5	11·8 „
	Mittel	552	50·8	11·1

Tabelle V.

Harz 51°8 NBr.

Gruppe	Höhe Meter	Dec.	Jänner	Februar	März	April	Mai	Juni	Juli	August	Sept.	Oct.	Nov.
						Beobachtete Temperaturen.							
1	1140	−3°5	−4°1	−4°9	−4°0	0°7	5°5	9°2	10°4	10°2	7°7	4°1	−1°0
2	560	−1·4	−2·4	−1·2	0·0	4·8	9·6	13·9	14·6	14·3	11·3	7·8	1·3
3	250	0·4	−0·9	0·2	1·8	6·8	11·1	15·4	16·7	16·0	12·6	8·9	2·8
4	70	0·7	−0·8	0·9	3·1	8·0	12 9	16·9	18·0	17·5	14·1	9·7	3·6
						Berechnete Temperaturen an der Meeresfläche.							
	0	1°12	−0°40	1°52	3°55	8°52	13°16	17°42	18°50	17°89	14°36	10°27	3°85
						Wärmeabnahme für je 100 Meter,							
	—	0°410	0°327	0°548	0°658	0°682	0°669	0°707	0°709	0°671	0°581	0°523	0°430

$$\Delta = 0 \cdot 57625 + 0 \cdot 1627 \sin (302°9' + 30° x) + 0 \cdot 0450 \sin (320°57' + 60° x)$$

0·369	0·410	0·516	0·627	0·691	0·704	0·694	0·686	0·668	0·615	0·518	0·416

1. Brocken　　　3508 P.F. 51°8 NBr. 8·3 ÖL.　　4. ⎧Hildesheim　274'　52°2 NBr. 7·6 ÖL.
2. Clausthal　　1724　„　51·8　　8·0　　　　　　　⎪Halle　　　　232　51·5　　9·6
3. ⎧Ballenstedt　812　„　51·7　　8·9　　　　　　　⎨Braunschweig 191　52·3　　8·2
　　⎩Wernigerode 723　„　51·8　　8·4　　　　　　　⎩Bernburg　　170　51·8　　9·4

　　Mittel　　　767　　51·8　　8·7　　　　　　　　　Mittel　　217　51·9　　8·7

Übersicht der jährlichen Periode der Wärmeabnahme.

Gruppen	NBr.	u_0	u_1	u_2	U_1	U_2
1. Westalpen.	46 °	0·5832	0·1119	0·0291	294°45'	298° 4'
2. Erzgebirge	50½	0·5917	0·1171	0·0355	292 53	250 47
3. Alp	48½	0·4382	0·1552	0·0479	301 27	287 20
4. Nordschweiz. .	47	0·5148	0·1758	0·0693	306 46	301 14
5. Harz	52	0·5762	0·1627	0·0450	302 9	320 57
Allgemeines Mittel [1)		0·5408	0·1440	0·0422	300 29	294 2
Gruppen mit Gipfel-stationen: 4 u. 5.		0·5455	0·1691	0·0563	304 33	308 58

Betrachtet man zuerst die Jahresmittel, so findet man keine ersichtliche Verminderung der Wärmeabnahme nach oben mit der geographischen Breite innerhalb der Grenzen von 46° und 52° NBr. Gewiß ist eine solche vorhanden, aber die localen Eigenthümlichkeiten der in Rechnung gezogenen Stationscomplexe sind völlig genügend sie zu verdecken. Das Plateau der rauhen Alp zeigt die langsamste Abnahme der Wärme nach oben, die Höhendifferenz der untersten und obersten Gruppe ist aber auch die kleinste, hätten noch tiefere Stationen in Rechnung gezogen werden können, so würde sicherlich sich eine raschere Wärmeabnahme ergeben haben; ganz gewiß im Winter. So stellen die erhaltenen Zahlen nur die Wärmeabnahme mit der Höhe auf dem Plateau selbst dar. Auffallend ist die rasche Temperaturverminderung mit der Höhe im Erzgebirge. Vergleicht man selbst die Mittel jener Gruppen, welche aus Stationen in steiler aufgerichteten Gebirgssystemen bestehen, die Gruppen Westalpen, Nordschweiz und Harz, so zeigt sich ebenfalls kein Einfluß der geographischen Breite auf das Jahresmittel:

46°	47°	52° NBr.
0°583	0°515	0°576 C. für 100 Meter.

Klar und scharf ausgesprochen ist überall die jährliche Periode und die Zeit des Eintrittes der kleinsten und der raschesten Wärmeverminderung mit der Höhe. Während im Januar (im einfachen Mittel aller Localitäten) mit 100 Meter (308 P. F.) Erhebung die Temperatur um 0°326 C. sinkt, beträgt die Verminderung der Wärme für dieselbe Erhebung im Juni 0°648 C., ist also doppelt so groß. Dieses Maximum liegt sogar noch näher dem Mai als dem Juni, und

---

[1) Die Mittelwerthe für u_1. U_1 etc. sind aus den Mitteln von $u_1 \sin U_1$, $u_1 \cos U_1$ etc. berechnet.

es ist auffallend, wie rasch im **März** die Wärmedifferenzen der höheren und tieferen Stationen wachsen, während sie noch im Januar auf ein Minimum herabgedrückt erschienen.

Die Curve des jährlichen Temperaturganges steigt in den Frühlingsmonaten rasch an in den tieferen Stationen, in der Höhe zeigt sich hingegen eine Neigung, das Maximum der Winterkälte, ähnlich wie dies in den Polarländern anerkannter Weise der Fall ist, gegen das Ende des Winters zu verzögern. Am auffallendsten zeigen dies die Gipfelstationen:

Gipfelstationen.

		Nov.	Dec.	Jänner	Februar	März	April
Brocken	3508'	−1°0	− 3°5	− 4°1	− 4°9	− 4°0	0°7
Rigikulm	5490	−1·6	− 2·8	− 4·4	− 4·0	− 4·3	1·3
Hochobir	6288	−3·3	− 6·0	− 6·6	− 6·4	− 5·6	−1·8

Stationen auf Pässen.

		Nov.	Dec.	Jänner	Februar	März	April
Theodul	10280	−9·5	−11·5	−13·4	−13·3	−11·9	−8·4
St. Bernhard .	7626	−5·3	− 7·6	− 9·0	− 8·6	− 7·3	−3·3
Gotthard	6441	−5·3	− 6·9	− 8·6	− 8·1	− 6·5	−1·5

Dadurch entstehen die großen Wärmedifferenzen hochgelegener Stationen gegen die Niederungen im Frühjahre und es erklärt dies das Eintreten des Maximums der Wärmeabnahme nach oben im Mai und zu Anfang des Sommers. Dann aber hebt sich die Temperatur der oberen Stationen rasch und die Wärmeabnahme wird wieder langsamer und vermindert sich sehr allmählig im Herbst.

Da die jährliche Periode der Wärmeabnahme nach oben so sehr übereinstimmend ist in allen hier betrachteten Regionen, so scheint es völlig erlaubt, sie durch ein allgemeines Mittel darzustellen.

Folgendes ist das Resultat der Berechnung nach Bessel's Formel, wenn die Werthe für die Größen $u_1 \sin U'$, $u_1 \cos U'$, $u_2 \sin U'$, $u_2 \cos U''$ in ein Mittel vereinigt werden:

Jährlicher Gang der Temperaturabnahme in Abweichungen vom Jahresmittel.

December	Jänner	Februar	März	April	Mai
−0·178	−0·163	−0·075	+0·035	+0·111	+0·129

Juni	Juli	August	September	October	November
+0.110	+0·086	+0·067	+0·033	−0·034	−0·121

Als mittlere absolute Werthe ergeben sich daher, wenn man mit Ausschluß der rauhen Alp als allgemeines Jahresmittel 0°566 C. für 100 Meter annimmt:

Dec.	0°388	März.	0°601	Juni	0°676	September.	0°599
Jänner	0·403	April	0·677	Juli.	0·652	October	0·532
Februar	0·491	Mai.	0·695	August.	0·633	November	0·445
Winter	0·427	Frühling.	0·658	Sommer ...	0·654	Herbst	0·525

Aus den Resultaten der zu wissenschaftlichen Zwecken in England unternommenen Luftballonfahrten ergibt sich ein Einfluß der Jahreszeit auf die Wärmeabnahme mit der Höhe auch für die freie Atmosphäre, er reicht aber nur bis zu gewissen Höhen [1]. Glaisher hat in den „Report of the british Association" 1862 bis 1866 für jede seiner Ballonfahrten den Wärmeunterschied für Höhen von je 1000′ englisch tabellarisch zusammengestellt. Bei der Bildung eines allgemeinen Mittels hat er einige seiner Fahrten, die bei schlechter Witterung unternommen worden waren, und von den anderen abweichende Resultate ergaben, ausgeschlossen.

Ich habe aus allen von Glaisher gefundenen Werthen der Wärmeabnahme für je 1000′ Mittel für die Jahreszeiten gebildet und auch noch die Resultate von drei Ballonfahrten im Jahre 1852 unter Welsh Leitung hinzugefügt, nachdem sie zuerst auf eine ähnliche Weise bearbeitet worden waren. Da ich die Resultate mit den gerade früher abgeleiteten vergleichen wollte, schien es mir unstatthaft, nur die bei günstiger Witterung gefundenen Werthe zu nehmen, weil erstere für einen mittleren Witterungscharakter gelten.

Setzt man auch in der freien Atmosphäre die Temperaturverminderung den Höhen direct proportional, so erhält man folgende Werthe für die Höhen bis zu 11.000 Fuß englisch, die sich mit jenen für die Westalpen (ebenfalls bis 11000 engl.) gefundenen direct vergleichen lassen:

---

[1] Die später aufgezählten Fahrten (excl. Nov. 1852) ergeben folgende Werthe der Temperaturabnahme für je 1000 Fuß engl. in Graden Celsius.

	Tausend englische Fuß							
Höhe ..	0—3	3—6	6—9	9—12	12—15	15—18	18—22	22—29
Sommer.	2·68	1·84	1·50	1·27	1·13	1·11	0·65	0·51
Frühling und Herbst	2·10	1·51	1·32	1·31	1·33	1·05	0·54	—

| | Freie Atmosphäre | | | Alpen |
	0—5000'	5—11000'	0—11000'	0—11000'
Winter [1)]	0°463	—	(0°507)	0°472
Frühling und Herbst [2)]	0·624	0·411	0·508	0·587
Sommer [3)]	0·776	0·481	0·615	0·662

Wie sich aber aus Glaisher's Zusammenstellung in evidenter Weise ergibt, ist die Wärmeabnahme in der freien Atmosphäre in der Nähe des Erdbodens am raschesten, sie wird immer langsamer mit wachsenden Höhen.

Nimmt man die Tabelle als Grundlage, in welcher Glaisher für je 100' englisch die Wärmeabnahme bis zu 5000' zusammengestellt hat (Report 1864, Mittel aus fünfzehn Fahrten, davon keine im Winter; später hat Glaisher diese Mittel durch Hinzuziehung einiger im Winter unternommener Fahrten wieder getrübt), so erhält man für die ersten 500' englisch bei trübem Wetter eine Temperaturverminderung von 0°948 C. für 100 Meter, bei heiterem Wetter sogar von 1°047 C. für dieselbe Höhe.

Da es öfters wünschenswerth ist, die Temperatur in größeren Höhen der Atmosphäre mit möglichster Annäherung an die mittleren Verhältnisse kennen zu lernen, so habe ich aus den oben angeführten Resultaten und Tabellen für die Ballonfahrten von Glaisher (und Welsh) die nachfolgenden Formeln abgeleitet. Man ersieht

---

[1)] Mittel aus vier Fahrten: 1. Dec. 1864; 12. Jän. 1864; 27. Febr. 1864; 2. Dec. 1865. Bis zu 11000' erstreckte sich nur die Fahrt am 12. Jan. 1864, sie gibt jenen oben angeführten Werth.

[2)] Frühling und Herbst wurden vereinigt, da sonst kein verläßlicher Mittelwerth sich hätte bilden lassen. Die in Rechnung gezogenen Fahrten sind: (die eingeklammerten Zahlen geben die Höhe in tausend Fuß engl., bis zu welchen sie sich erstreckten, oder bis zu welchen sie in Rechnung gezogen werden konnten).

10. November	1852 (22)	18. April	1863 (22)
31. März	1863 (23)	29. September	1863 (17)
		9. October	1863 (8)

Das Mittel für die Alpen ist für dieselben (5) Monate gebildet.

[3)] 10 Fahrten:

17. August	1852 (18)	18. August	1862 (23)
26. „	1852 (19)	21.	1862 (14)
17. Juli	1862 (26)	5. September	1862 (29)
30.	1862 (7)	26. Juni	1863 (23)
18. August	1862 (11)	29. August	1864 (15)

daraus, daß man die in den Alpen selbst bis zu 10000′ Höhe gefundenen Werthe der Berechnung der Temperatur in größeren Höhen der freien Atmosphäre nicht zu Grunde legen darf.

Durch Zusammenziehung einiger Höhenintervalle erhielt ich für den Sommer aus vierzehn Bedingungsgleichungen, für Frühling und Herbst aus zwölf Gleichungen:

Sommer: $t = T - 0°764134\, h + 0·004314\, h^2$ (bis 29 Taus. Fuß)

Frühling u. Herbst: $t = T - 0°62218\ \ h + 0°002737\, h^2$ („ 23)

Diese Formeln gelten für das hunderttheilige Thermometer und die Einheit von h zu 100 Meter.

Über 20000′ engl. hinaus liegen wenige Beobachtungen vor; da für sehr große Höhen obige Formeln bald ihre Giltigkeit verlieren, so kann man oberhalb dieser Grenze eine gleichförmige Wärmeabnahme zu Grunde legen; und zwar geben die Fahrten von Glaisher zwischen 20 und 29 Tausend Fuß dieselbe zu $0°186$ C. für 100 Meter.

Für die geringeren Höhen unter 5000′ englisch liefert die früher angezogene Tabelle Glaisher's (allgemeine Mittel ohne Rücksicht auf Trübung oder Heiterkeit) folgende Formel, welche aus zehn Bedingungsgleichungen abgeleitet worden ist, nachdem Stufen zu je 500′ gebildet worden waren.

$$t \; = \; T - 0°9028\, h + 0°01526\, h^2$$

Grade C., Einheit von h zu 100 Meter angenommen.

Da die Wärme langsamer nach oben abnimmt im Winter, rascher im Sommer, so ergibt sich, daß die höheren Punkte der Erdoberfläche einen relativ milden Winter, und einen relativ kühlen Sommer genießen. Die Temperaturdifferenz zwischen dem kältesten und dem wärmsten Monat nimmt mit der Höhe ab, das Klima wird limitirter, nähert sich einem Küstenklima, was die Wärmeverhältnisse betrifft. Aus den früher mitgetheilten Wärmemitteln für Höhengruppen in den Alpen und Norddeutschland ergeben sich folgende Beziehungen zwischen der Höhe und der Amplitude (A) der extremen Monattemperaturen.

Sieben Stationsgruppen in den Westalpen $46°$ NBr. geben in Graden Celsius, Einheit der Höhen in 100 Meter:

$$A = 21°45 - 0·2196\, h$$

Die vier Stationsgruppen in der Nordschweiz 47° NBr. geben

$$A = 20°98 - 0 \cdot 3608\,h.$$

Der Brocken mit den umliegenden Stationen 52° NBr. gibt:

$$A = 18°72 - 0 \cdot 3059\,h.$$

Die Westalpen zeigen die langsamste Verminderung der jahreszeitlichen Änderungen der Temperatur, hauptsächlich wohl deßhalb, weil die obersten Stationen nicht auf Gipfeln, sondern auf Pässen liegen, daher im Winter durch die kalten herabsinkenden Luftmassen erkaltet, im Sommer durch Insolation des Bodens stärker erwärmt werden.

Würden die Alpen zu solchen Höhen emporragen, so dürfte man schließen, daß in einer Höhe von 15000 P. F. die Differenz der extremen Monate auf die Hälfte jener am Meeresniveau, auf 10°7 C. herabsinken würde, und in 30000 P. F. Seehöhe gänzlich verschwunden sein möchte. Betrachtet man aber die Verminderung der Amplituden auf Gipfelstationen als maßgebend, so findet man für die Höhe, wo der Temperaturwechsel der Jahreszeiten aufhört, im Mittel 18300 P. F.

Es wäre natürlich völlig unberechtigt, solchen Rechnungsergebnissen eine größere Bedeutung beizulegen als den bloßer Anhaltspunkte zu beiläufigen Schätzungen der Höhe, wo der Einfluß der Jahreszeiten auf ein Minimum herabsinken mag.

Normale Temperaturmittel.

	Dec.	Jänner	Februar	März	April	Mai	Juni	Juli	August	Sept.	Oct.	Nov.
Theodul — St. Bernhard.												
Aug. 1865—Aug. 1866	—4°19	—4°33	—4°61	—4°82	—5°23	—5°22	—5°31	—5°07	—5°43	—5°13	—4°82	—4°19
St. Bernhard Normal.												
1841—1867	—7·59	—9·04	—8·61	—7·32	—3·27	+0·51	4·09	6·16	5·98	3·32	—0·48	—5·30
Theodul.												
	—11·78	—13·37	—13·22	—12·14	—8·50	—4·71	—1·22	1·09	0·55	—1·81	—5·30	—9·49
Theodul — Simplon.												
Aug. 1865—Aug. 1866	—5·55	—6·01	—6·78	—7·29	—7·89	—7·95	—8·34	—8·28	—8·37	—7·71	—6·71	—5·78
Simplon Normal												
1841—1867	—5·73	—7·46	—6·52	—4·48	—0·48	3·07	7·52	9·17	8·91	5·77	1·95	—3·66
Theodul.												
	—11·28	—13·47	—13·30	—11·77	—8·37	—4·88	—0·82	0·89	0·54	—1·94	—4·76	—9·44
Normalmittel für Theodul.												
1841—1867	—11·53	—13·42	—13·26	—11·95	—8·43	—4·60	—1·02	0·99	0·55	—1·88	—5·03	—9·46
Grade Cels.												
Grimsel [1]......	—5°6	—7°4	—6°1	—4°1	—0°1	+ 3°2	+ 7°7	+ 9°6	+ 9°7	+ 6°6	+2°6	—3°4
Zermatt [2]......	—4·3	—6·0	—4·6	—1·5	+2·4	7·4	10·9	12·3	11·5	8·2	4·8	—1·0
Gliss [3].........	—1·8	—3·3	—0·2	4·6	9·0	13·4	17·3	18·6	17·2	13·5	9·3	2·2
Aosta	1·2	0·1	2·2	6·1	9·8	13·2	17·3	18·9	18·2	14·3	10·4	4·4
Biella	1·8	0·3	2·2	6·0	10·0	13·8	18·4	20·4	19·5	15·4	11·4	5·5
Lugano	3·0	1·3	3·0	6·6	10·4	14·0	18·3	20·4	19·8	16·2	12·5	6·6
Mailand........	1·9	0·4	2·9	7·1	11·8	16·0	20·9	22·9	21·9	17·5	12·9	6·1

[1]) Durch Temperaturdifferenzen von 3 Jahren gegen Simplon reducirt.

[2])   2   Grächen

[3])   3   Reckingen

	Dec.	Jänner	Februar	März	April	Mai	Juni	Juli	August	Sept.	Oct.	Nov.
Temperaturdifferenzen.												
Aosta—Mailand (3 Jahre) Höhendiff. 453 Meter.												
$T\Delta$	—0·89	—0·35	—0·61	—1·06	—1·94	—2·81	—3·64	—4·04	—3·74	—3·27	—2·54	—1·70
Biella—Mailand (3 Jahre) Höhendiff. 191 Meter.												
$T\Delta$	—0·17	—0·13	—0·67	—1·16	—1·74	—2·20	—2·49	—2·54	—2·46	—2·11	—1·52	—0·60
Lugano—Mailand (4 Jahre) Höhendiff. 128 Meter.												
$T\Delta$	+1·04	+0·83	+0·18	—0·59	—1·40	—2·04	—2·59	—2·55	—2·14	—1·36	—0·39	+0·49
Grade Réaumur.												
Sulz [1].........	—0·82	—1·28	+0·36	2·35	6·55	10·40	13·68	14·59	14·03	10·95	7·24	2·14
Tübingen.......	—0·10	—0·52	1·28	3·19	7·15	10·65	13·80	14·77	14·24	11·27	7·71	2·76
Mittelstadt	—0·22	—0·89	0·78	2·88	7·03	10·77	13·83	14·94	14·73	12·07	8·42	3·04

[1] Diese Stationen sind durch die Differenzen 3jähr. Temperaturmittel 1865—67 (nach Dr. Schoder's Witterungsübersichten für Würtemberg) gegen Calw auf die Periode 1847—67 reducirt worden.